O MONSTRO DO QUARTO DO PEDRO

Ruth Rocha

O MONSTRO DO QUARTO DO PEDRO

Ilustrações
Mariana Massarani

São Paulo
2024

1ª Edição, Editora Melhoramentos, 2009
2ª Edição, Global Editora, São Paulo 2024

Jefferson L. Alves – diretor editorial
Flávio Samuel – gerente de produção
Mariana Rocha – curadoria da obra de Ruth Rocha
Jefferson Campos – analista de produção
Amanda Meneguete – coordenadora editorial
Mariana Massarani – ilustrações e capa
Equipe Global Editora – produção gráfica e editorial

Dados Internacionais de Catalogação na Publicação (CIP)
(Câmara Brasileira do Livro, SP, Brasil)

Rocha, Ruth
O monstro do quarto do Pedro / Ruth Rocha ; ilustrações de Mariana Massarani. – 2. ed. – São Paulo : Global Editora, 2024. – (Coleção Comecinho)

ISBN 978-65-5612-556-5

1. Literatura infantojuvenil I. Massarani, Mariana. II. Título. III. Série.

24-197050 CDD-028.5

Índices para catálogo sistemático:

1. Literatura infantil 028.5
2. Literatura infantojuvenil 028.5

Aline Graziele Benitez - Bibliotecária - CRB-1/3129

Obra atualizada conforme o
NOVO ACORDO ORTOGRÁFICO DA LÍNGUA PORTUGUESA

Global Editora e Distribuidora Ltda.
Rua Pirapitingui, 111 – Liberdade
CEP 01508-020 – São Paulo – SP
Tel.: (11) 3277-7999
e-mail: global@globaleditora.com.br

 grupoeditorialglobal.com.br
 @globaleditora
 /globaleditora
 @globaleditora
 /globaleditora
 /globaleditora
 blog.grupoeditorialglobal.com.br

Nº de Catálogo: **4496**

A MAMÃE E O PAPAI CHAMARAM O PEDRO E O MIGUEL E LHES CONTARAM UMA NOVIDADE:

— VAMOS MUDAR DE CASA!

O PEDRO RECLAMOU:

— NÃO QUERO MUDAR DE CASA! VOU FICAR LONGE DOS MEUS AMIGOS...

O PAPAI ACALMOU O PEDRO:

— NÃO VAI NÃO, PEDRO. A CASA É AQUI PERTINHO.

A MAMÃE CONTOU QUE ERA UMA CASA MAIOR, TINHA ATÉ UM QUARTO SÓ PARA OS BRINQUEDOS. E TINHA UMA ESCADA, PORQUE A CASA ERA DE DOIS ANDARES.

— É UM SOBRADO — DISSE A MAMÃE.

— E TEM CORRIMÃO PRA GENTE ESCORREGAR? — PERGUNTOU O MIGUEL.

— TEM SIM! — RESPONDEU A MAMÃE.

— OBA! — GRITOU O PEDRO.

NO PRIMEIRO DIA NA NOVA CASA, OS MENINOS BRINCARAM MUITO. ESCORREGARAM PELO CORRIMÃO UMA PORÇÃO DE VEZES E ATÉ LEVARAM ALGUNS TOMBOS. MAS ELES NÃO LIGARAM. ERA TUDO MUITO DIVERTIDO.

A MAMÃE ARRUMOU O QUARTO DOS MENINOS MUITO BONITINHO, COM COLCHA XADREZ E CORTINA DE RENDA.

OS MENINOS FORAM SE DEITAR CEDO.
A MAMÃE LEU UMA HISTÓRIA PARA ELES
E, COMO SEMPRE ACONTECIA, O MIGUEL
LOGO ADORMECEU.
ELA DEU UM BEIJO EM CADA UM, APAGOU
A LUZ, SAIU E FECHOU A PORTA.

MAL ACABOU DE FECHAR A PORTA, A MAMÃE OUVIU O PEDRO GRITAR:

— MÃE! MÃE!

ELA ABRIU A PORTA, ACENDEU A LUZ E PERGUNTOU:

— QUE FOI, PEDRO?

O PEDRO ESTAVA COM A CABEÇA COBERTA, GRITANDO:
— É UM MONSTRO! TEM UM MONSTRO NO QUARTO!

O PAPAI JÁ VINHA CHEGANDO, O MIGUEL ACORDOU, E TODOS OLHARAM PARA TODOS OS LADOS E NÃO VIRAM MONSTRO ALGUM.

A MAMÃE AGRADOU O PEDRO, DEITOU UM POUQUINHO COM ELE, QUE CONSEGUIU DORMIR.

MAS NO DIA SEGUINTE ACONTECEU TUDO DE NOVO.

ASSIM QUE O PAPAI SAIU DO QUARTO, DEPOIS DE CONTAR UMA HISTÓRIA, APAGAR A LUZ E FECHAR A PORTA, O PEDRO COMEÇOU A GRITAR:

— MONSTRO! TEM UM MONSTRO AQUI!

A CENA SE REPETIU, TODO MUNDO AGRADOU O PEDRO E GARANTIU A ELE QUE NÃO TINHA MONSTRO ALGUM.

MAS ISSO ACONTECEU MAIS UMAS DUAS OU TRÊS VEZES.

ATÉ QUE A VOVÓ VEIO PASSAR O FIM DE SEMANA NA CASA DELES. E, NA HORA DE PÔR OS MENINOS NA CAMA, A VOVÓ FOI COM ELES, CONTOU UMA HISTÓRIA, MAS NA HORA DE APAGAR A LUZ ELA RESOLVEU FICAR UM POUQUINHO NO QUARTO COM O PEDRO.

E FOI SÓ FECHAR A PORTA E DEITAR QUE O PEDRO COMEÇOU A GRITAR:

— OLHA O MONSTRO, VOVÓ! OLHA O MONSTRO LÁ!

E A VOVÓ OLHOU E A VOVÓ VIU.

NÃO É QUE TINHA UM MONSTRO
EM FRENTE À JANELA?
NA VERDADE NÃO ERA MONSTRO
ALGUM. ERA... UMA SOMBRA!
UMA SOMBRA?

POIS É.

UMA SOMBRA.

A LUZ QUE VINHA LÁ DE FORA PASSAVA PELA CORTINA DE RENDA, QUE ERA CHEIA DE FUROS, E FAZIA UM DESENHO NA JANELA IGUALZINHO... A UM MONSTRO, DE BOCA ABERTA, MUITO, MUITO FEIO!

E, QUANDO A CORTINA SE MEXIA COM O VENTO, PARECIA QUE TINHA UM MONTE DE MONSTROS NA PAREDE.

A VOVÓ LEVANTOU, ACENDEU A LUZ E O MONSTRO SUMIU. AÍ ELA DISSE:

— FICA OLHANDO, PEDRO. VOU APAGAR A LUZ PARA VOCÊ VER COMO É QUE O MONSTRO APARECE...

PEDRO E MIGUEL VIRAM COMO É QUE O MONSTRO APARECIA, E NUNCA MAIS O PEDRO TEVE MEDO NEM DESSE MONSTRO NEM DE MONSTRO ALGUM.

ELE AGORA CONVIDA OS AMIGOS PARA
VEREM O MONSTRO DO SEU QUARTO,
QUE ATÉ ESTÁ FICANDO FAMOSO...

Mariana Massarani

Mariana Massarani

Adorei fazer os desenhos para a Coleção Comecinho! Tenho dois primos pequenos com essa diferença de idade e eles estão sendo meus "musos".

Quando eu tinha 7 anos, nós nos mudamos de apartamento, e meu irmão ganhou um quarto só dele. No início, ele sempre se assustava com alguma coisa. Acho que eram sombras das árvores, já que nosso prédio era ao lado de um jardim. Meu pai comprou uma luzinha de tomada, e, aos poucos, meu irmão se acostumou e passou a dormir a noite toda, sem precisar dela. Para falar a verdade, ele virou um dorminhoco formidável.

Sou muito sortuda pois já ilustrei vários livros da Ruth Rocha! Desde *Eugênio, o Gênio* ao *Marcelo, Marmelo, Martelo*. Nesta coleção usei nanquim preto para desenhar e aquarela líquida para colorir. Ilustrei por volta de 200 livros. Escrevi outros 14, todos infantis. Recebi muitas vezes o selo Altamente Recomendável e o prêmio O Melhor para Criança, da Fundação Nacional do Livro Infantil e Juvenil (FNLIJ), e o selo White Ravens.

Meus desenhos já estiveram em várias exposições e catálogos no Brasil, Itália, Alemanha, Coreia e Japão. E a obra *Enreduana*, com texto de Roger Mello e minhas ilustrações, ganhou o Prêmio Chen Bochui na China, na categoria livros internacionais.

Ruth Rocha

RUTH ROCHA nasceu em 2 de março de 1931, em São Paulo. Ouviu da mãe, dona Esther, as primeiras histórias, e com vovô Ioiô conheceu os contos clássicos que eram adaptados pelo avô baiano ao universo popular brasileiro.

Consagrada autora de literatura infantojuvenil, Ruth Rocha está entre as escritoras para crianças e adolescentes mais amadas e respeitadas do país. Sua estreia na literatura foi com o texto "Romeu e Julieta", publicado na *Recreio* em 1969, e seu primeiro livro, *Palavras, muitas palavras*, é de 1976. Seu estilo direto, gracioso e coloquial, altamente expressivo e muito libertador, mudou para sempre a literatura escrita para crianças no Brasil.

Em mais de 50 anos dedicados à literatura, tem mais de 200 títulos publicados e já foi traduzida para 25 idiomas, além de assinar a tradução de uma centena de títulos infantojuvenis. Recebeu os mais importantes prêmios literários como da Academia Brasileira de Letras e da Academia Paulista de Letras, da qual foi eleita membro em 2008, da Associação Paulista dos Críticos de Arte, da Fundação Nacional do Livro Infantil e Juvenil, além do Prêmio Moinho Santista, da Fundação Bunge, o Prêmio de Cultura da Fundação Conrado Wessel, a Comenda da Ordem do Mérito Cultural e oito prêmios Jabuti, da Câmara Brasileira do Livro.

Foto: Acervo da autora

Um dia, Miguel estava muito triste porque ninguém podia brincar com ele. Minha filha e meu genro estavam trabalhando e o irmão era muito pequenininho para brincar. Nenhuma ideia surtia efeito: desenhar, pintar, nada. O que eu fiz? Escrevi uma história! Dois tatuzinhos chamados Pedro e Miguel. Meu marido Eduardo fez a ilustração e enviamos por fax. A partir disso, nasceu a coleção Comecinho.

RUTH ROCHA

Esta coleção nasceu assim, com Ruth Rocha trazendo um cotidiano tão próximo a tantas famílias, e Eduardo Rocha ilustrando de modo bem lúdico seus netinhos Miguel e Pedro como se fossem tatus. Vamos então acompanhar estas histórias de Miguel e Pedro, que cresceram e agora enfrentam novos dilemas e encantamentos, com muitos aprendizados!